［美］伯吉斯◎著

叶红婷◎译

伯吉斯动物童话系列

丛林老狼
历险记

花山文艺出版社

图书在版编目（CIP）数据

丛林老狼历险记 /（美）伯吉斯著；叶红婷译 . --
石家庄 : 花山文艺出版社 , 2018.4
ISBN 978-7-5511-3923-6

Ⅰ . ①丛… Ⅱ . ①伯… ②叶… Ⅲ . ①童话—美国—
现代 Ⅳ . ① I712.88

中国版本图书馆 CIP 数据核字 (2018) 第 065634 号

书　　名：**丛林老狼历险记**
著　　者：[美] 伯吉斯
译　　者：叶红婷

责任编辑：杨丽英
责任校对：齐　欣
美术编辑：胡彤亮
出版发行：花山文艺出版社（邮政编码：050061）
　　　　　（河北省石家庄市友谊大街 330 号）
销售热线：0311-88643221/29/31/32/26
传　　真：0311-88643225
印　　刷：北京旭丰源印刷技术有限公司
经　　销：新华书店
开　　本：880×1230　1/32
印　　张：4
字　　数：100 千字
版　　次：2018 年 7 月第 1 版
　　　　　2018 年 7 月第 1 次印刷
书　　号：ISBN 978-7-5511-3923-6
定　　价：28.00 元

目 录

奇怪的叫声

    66 你听！"臭鼬吉米说。他是在去弯弯小路的半道上遇见彼得兔的，那里的月光格外明亮。其实，用不着他提醒，彼得兔正竖着耳朵，全神贯注地听着呢！他的腰杆挺得笔直，长长的耳朵朝着怪声飘来的方向。那怪声又响起来了，彼得兔和臭鼬吉米之前从没听过这样的声音。彼得兔的牙齿开始吱吱嘎嘎地打起战来。

    "那——那——那是什么？"他低声问。

    "我不知道，如果不是猫头鹰胡迪在发神经的话。"臭鼬吉米回答。

"不，"彼得兔说，"不是胡迪，他才不会这样叫呢！"

"说不定是潜鸟迪皮。我在比格河边听见过他叫唤，跟疯了一样。"臭鼬吉米回答。

"不，"彼得兔说，一边紧张兮兮地盯着他身后，"不，不是潜鸟迪皮，他从不离开水边。这声音是从青草地那儿传来的。我才不会对迪皮的叫声觉得吃惊——"他的话音未落，一阵怪声再次响起，听上去比刚才离他们更近了。青草地和绿森林从没出现过这样的声音。这怪声听上去既有点像猫头鹰胡迪，又有点像潜鸟迪皮，还有点像两三只狗在齐声嚎叫。这叫声让彼得兔感到一股寒意正顺着自己的脊梁骨往上爬。他不由自主地往臭鼬吉米那边挪了挪。

"我敢肯定，这是农夫布朗的儿子和朋友们在一起吵闹的声音。"臭鼬吉米说。

"不，不可能！农夫布朗的儿子他们不会发出这么可怕的声音！这叫声让我害怕，臭鼬吉米。"彼得兔说。

"得了吧！你可是连自己的影子都怕呢！"臭鼬吉米回答，他可是天不怕地不怕，"咱们去看看到底怎么回事。"

一听这个，彼得兔吓得瞪圆了眼睛。"别——别——别去，臭鼬吉米！别——别——别去！"他不停地念叨着，"我敢肯定，那是个可怕的家伙！哦，天哪！我多希望此刻能平平安安地待在我亲爱的老荆棘丛那儿啊！"

奇怪的叫声又响起来了。这真的是某种叫声吗？听上去像两三个声音混在一起，一会又变成了一个。彼得兔过一会儿就往臭鼬吉米身边挪过去一点儿。很快，就连臭鼬吉米也开始有点紧张了。

"我要回家了。"他突然说。

"我也想回家，可我不敢。"彼得兔说，害怕得浑身打着哆嗦。

"得了吧！要是能跑得有你那么快，没人会觉得害怕，"臭鼬吉米说，"但你要真害怕，就去我家待会儿吧！"

"哦，谢谢你，吉米！如果你不介意的话，我想在你家门口坐会儿。"

于是，他们一起去了臭鼬吉米家。一整晚，他俩沐浴在月光下，坐在门口的台阶上听那个奇怪的声音。天刚

蒙蒙亮的时候，彼得兔看到，西风老妈妈翻过紫山坡到这儿来了，他觉得，自己已经有足够的勇气，可以动身回亲爱的老荆棘丛了。

彼得兔仓皇逃命

大清早，西风老妈妈就翻过紫山坡，来到青草地，把她的小宝贝，开心小清风们一个个抱出来，让他们尽情玩耍。彼得兔坐在臭鼬吉米家门口望着她，感觉自己的勇气渐渐恢复了。整整一晚上，他和臭鼬吉米坐在那儿听着那个奇怪的叫声，他感到很害怕。但是，新的一天来到了，一缕阳光洒下，那声音消失得无影无踪。彼得兔像平时一样望着西风老妈妈，他开始怀疑，那个可怕的叫声会不会只是自己的一个幻觉。

于是，他向臭鼬吉米道别，动身踏上回家之路。他本想撒开腿跑个痛快，但是他没这么干。是的，朋友们，

他没有。这是因为，他还没走到臭鼬吉米看不见的地儿
呢！你瞧，他觉得臭鼬吉米可能会笑话他，而他又没有
足够的勇气去接受嘲笑。

最勇敢的家伙，

不必成就大事，

也无须冒险，

为他人效力。

最勇敢的家伙，

对嘲笑视而不见，

只做自己认为正确的事。

　　但是，当彼得兔确定臭鼬吉米再
也看不到他的时候，就开始加速跑起
来，越接近老荆棘丛跑得越快。他跑
一段就停下来，紧张地东瞧瞧，西看
看，左听听，右听听。有一次，彼得
兔听到身后传来一阵轻轻的脚步声，
听上去很像是狐狸雷迪。彼得兔垂下

耳朵，屏住呼吸，把身子蹲得低低的，一动不动。脚步声又响起来了，啪嗒——啪嗒，啪嗒——啪嗒，轻轻地，离他越来越近。彼得兔不再迟疑，他向前纵身一跃，用最快的速度朝老荆棘丛跑去，别说，还真是够快的。他一路狂奔时回头看了一眼，只见身后出现了一张凶恶的脸。看上去可真像雷迪啊，只不过比他的脸还要大，还要凶，不是红色的，而是灰色的。

彼得兔从没像此时跑得这么快，他很清楚，此时此刻可是在逃命啊！他可不敢用糊弄雷迪那一套来对付这个可怕的家伙，自己对这个陌生的家伙一无所知，说不定，他才不会像雷迪那样，被耍得团团转呢！

彼得兔开始觉得呼吸困难了。他仿佛能感觉到身后那个穷凶极恶的家伙呼出来的热气。就在这时，他有种莫名其妙的感觉：昨晚那个让他心惊胆战的叫声，就是这个家伙发出的！咔嚓！一张冷酷的大嘴差点儿咬住他的脚踝。彼得兔拼命往前一跳，跳得比之前更远了。亲爱的老荆棘丛，安全的老荆棘丛，已经近在眼前了。彼得兔竭尽全力，来了个三级跳，一下子扎进了低矮的树莓丛中。与此同时，他听见锋利的牙齿发出的摩擦声，

意识到自己尾巴上的毛被咬掉了些。突然，彼得兔在夜里听到的那个恐怖叫声，就在老荆棘丛外毫无征兆地响了起来。

　　彼得兔没有停下来看这个陌生家伙，而是急急忙忙跑到了老荆棘丛的中央，伸开四肢，大口大口地喘着粗气。

雷迪有了新发现

雷迪夸下海口，说自己对那个陌生的家伙一点儿也不害怕。没错，就是那个吓唬彼得兔，半夜嚎叫，给青草地和绿森林带来巨大恐惧的家伙。但是，对雷迪而言，吹牛皮是家常便饭，而一个满嘴大话的人往往是个胆小鬼。其实雷迪打心眼儿里还是挺害怕的，至于怕什么，他也说不大清。他总是对自己搞不懂的东西觉得害怕。狐狸老奶奶曾这样告诫他：

"如果你对某些不是很了解的东西感到害怕，那就离它们远点，这样你就不会受到伤害。"聪明的狐狸奶奶就是这样说的。这也正是农夫布朗的儿子总也没法用陷阱抓住她的原因之一。但狐狸奶奶最聪明的一点在于，当她感到害怕时，绝不会装出一副勇敢的样子，雷迪却恰恰相反，总也忘不了吹牛。因此，他实际上一直都是这片草地和森林中最胆小的家伙之一。

当雷迪第一次听到那个奇怪的叫声，他的反应和其他动物一样，觉得全身颤抖不已，吓得他晚上没敢去打猎。不幸的是，雷迪天生有副好胃口。一个人在饥肠辘辘的时候，哪有力气去琢磨其他的事呢？所以，雷迪在饿了一两天后，壮着胆子，鼓足勇气，出门打猎了。他莫名其妙地觉得白天打猎要比晚上安全。要知道只有当笑眯眯、圆滚滚、红彤彤的太阳公公回到紫山坡后面，开始呼呼大睡时，那个奇怪的叫声才会出现。因此雷迪断定，那个陌生的家伙喜欢在白天睡觉。

所以，雷迪一大早儿就出发了，迈着最轻柔的步伐，小心翼翼地走着。他时不时地回过头看看，不放过每一处灌木和大树。他那尖尖的小耳朵张得大大的，敏锐地捕捉着风吹草动。他走几步就停下来，仔细地闻闻空气中的味道，让鼻子清清楚楚地告诉他，那些眼睛看不到和耳朵听不见的东西。他时刻警惕着，一旦出现危险的

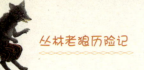

信号，立马撒腿就跑。他走出绿森林，来到青草地，希望能逮到田鼠丹尼，饱餐一顿。就在这时，他忽然觉得鼻子一阵发痒，开心小清风给他带来了一股熟悉得不能再熟悉的味道。雷迪转过身，朝着开心小清风的方向跑去。没跑几步，他就停下来，深深地吸了口气。

"嗯——嗯——嗯，"雷迪自言自语道，"这闻起来像是鸡的味儿。没错，一定是！"

雷迪小心翼翼地，慢慢朝着香味飘来的方向挪着步子。他走几步就停下来用力吸吸鼻子。喷喷，喷喷！是的，这准是鸡的味儿，没错。雷迪嘴边流着口水，又往前走了几步，一条小路出现在眼前，半只啃过的鸡若隐若现地藏在路边高高的杂草和灌木后面。雷迪突然停下脚步，一屁股坐在地上，盯着那只鸡左看右看。他四下张望，想看看周围是否还有别的东西。他绕着这只鸡转了一圈，小心地不让自己靠得太近。最后，他找了个能闻到鸡味儿的地儿坐下来，伸着舌头，口水沿着嘴角滴滴答答地流下来。他的胃在大声嚷嚷："快过去吞了它，"但是理智告诉他，"离远点儿，说不定这是个陷阱。"

就在这时，雷迪回忆起聪明的狐狸奶奶说过的一句

话：

　　"一旦面对强烈的诱惑，

　　要快快转身离去。

　　诱惑无法给你带来伤害，

　　只会教训那些贪恋的家伙。"

　　"我讨厌这么干，不过我猜，没什么更好的办法了，"

雷迪说着，对着那只鸡转过身去，一溜烟地跑了。

雷迪向波比求助

雷迪觉得，他这辈子做过的最困难的事，就是对着灌木丛中的半只鸡转过身去。他的胃因为饥饿疼得要命。但是，那里可能有危险，毕竟安全才是最重要的。于是雷迪转身远远地跑开了。他逮了些草蚱蜢，还找到一窝肥嘟嘟的甲虫。虽然味道不怎么样，总归能填饱肚子。过了一会儿，雷迪感觉好点了，就找了个阳光温暖的地方，舒舒服服地蜷成一团，一边歇着一边琢磨起来。

"这可能是农夫布朗的儿子设下的陷阱。"雷迪自言自语道。但他想起那可是半只啃过的鸡，他觉得，除非是臭鼬吉米吃了一半丢在鸡窝那儿，否则，农夫布朗的儿子不大可能搞到半只鸡。雷迪心里有种说不清的感觉，他觉得，臭鼬吉米和这只鸡没有丝毫关系。他越琢磨越敢肯定，这只鸡应该和那个半夜怪叫的家伙有关。他被这个念头搞得心烦意乱，好端端的日光浴就这样泡汤了。

"我觉得，我得去找浣熊波比。"雷迪说着，起身去了青草地。

浣熊波比一整晚都在离家不远的地儿待着。他听到那个叫声的时候，也觉得害怕。那既不是猫头鹰胡迪和潜鸟迪皮，也不是一只嗷嗷叫的狗发出的，更不是这三种声音混在一起。波比吃得没平时那么饱，心情也不怎么好。要知道，肚子咕咕叫时还想保持心情愉快太难了。他正要打个盹儿，就听见雷迪在树下轻轻地叫他。

"波比！浣熊波比！"雷迪喊。

波比一声不吭，一动不动，想让雷迪以为他睡着了。可雷迪还在不停地叫唤。终于，波比的脑袋出现在大空心树的洞口，怒气冲冲地盯着雷迪。

"哎哟，什么事？"他恶声恶气地教训着雷迪，"真是的，吵得我没法睡觉。"

雷迪咧嘴微微一笑，露出尖尖的牙齿。"真不好意思，波比，"他说，"我是来找你帮忙的。我相信不会有人比你更聪明啦！我发现了一些很重要的情况，想来听听你的看法。"

波比脸上的怒气消失了，就像雷迪告诉他的，应该为自己的聪明感到自豪那样，一下子飘飘然起来。他摆出一副故作聪明的样子，回答：

"我听着呢，雷迪。有什么要紧事？"

于是，雷迪就把青草地里的半只鸡，以及他是如何怀疑，那个发出可怕叫声的陌生的家伙和这件事有关的念头，一五一十地告诉了波比。波比一脸严肃地听着。

"嗯！"他若有所思地说，"或许臭鼬吉米对此知道点儿什么。"

"不，"雷迪回答，"我敢肯定他对此一无所知。你还是亲自去看看到底怎么回事吧！"

波比转身向洞口走去。"抱

歉雷迪，你看，我又累又困，需要好好休息一下。"他说。

雷迪把脸转向一边，暗自偷笑，他知道，波比这是害怕了。

"我敢肯定这是臭鼬吉米干的，"波比接着说，"你干吗不去问问他？我可从不喜欢多管闲事。"

说着，波比钻进树洞，从雷迪眼前消失了。

雷迪拜访臭鼬吉米

    ❝波比是个胆小鬼！大家看一看，他是个胆小鬼！

他不敢跟我去看那半只鸡。他是个不折不扣的

胆小鬼！"

    雷迪一边小声地自言自语，一边离开了波比家。但

是他只说对了一半。波比的确有点害怕，但他可不是个

胆小鬼。他不觉得跑那么远去看那半只鸡，能给他带来

什么实际的好处。波比的腿不算长，尽管能快速跑一小

段路程，但马上就会累得上气不接下气。他和快乐松鼠

杰克一样，只有在身边有树的地方，能让他随时爬上去

躲避危险，他才觉得安全。但是，如果真有什么非去不

可的理由，波比就算再害怕，也会跑一趟的。这就充分证明他不是个胆小鬼。

但是雷迪却认为，除了他自己，人人都是胆小鬼。他一路小跑，鼻子翘得老高，脸上带着轻蔑的表情。原来波比是个胆小鬼！雷迪有点失望，他原本想着，假如波比跟他去了那儿，一定会弄清楚究竟是谁，出于什么原因把那半只鸡留在青草地的。狡猾的雷迪觉得，如果那真是个陷阱，波比一定能看出来，那么自己就无须冒险了。这个念头充分证明，雷迪实在是太阴险了。

但只要波比不去，雷迪就啥也干不了，只能在臭鼬吉米身上碰碰运气了。雷迪径直去了臭鼬吉米家。他打心眼儿里讨厌臭鼬吉米，不止一次地给他找麻烦。但是，当他看到臭鼬吉米正坐在家门口的时候，立刻装出一副笑脸，好像臭鼬吉米是他最要好的朋友似的。

"早上好，吉米，很高兴见到你，"雷迪说，"我希望今儿早上你心情不错。"

吉米刚吃了一顿丰盛的肥甲虫，心情还不错。他可没被雷迪的虚情假意糊弄住，暗中想着：雷迪在玩什么鬼把戏，我得弄弄明白。一边大声回答：

"早上好，雷迪，今天早晨你看上去既精神又漂亮。当然啦，你这样一个身材魁梧又机智勇敢的家伙，是不会像我们一样，晚上被那个怪叫声吓得提心吊胆的。"

臭鼬吉米喋喋不休地说着，其实他再清楚不过了，雷迪就是个胆小鬼。他扭过头去暗自偷笑，雷迪则昂首挺胸，装腔作势地回答：

"那当然了！的的确确就是这样！我什么也不怕。顺便说一句，今天早晨，我在青草地遇见个怪事。灌木丛里藏了半只鸡，我想知道这是不是你干的。"

一听这个，臭鼬吉米的耳朵一下竖了起来。"不，"他说，"不是我干的。今年春天我还没从布朗家偷过鸡呢，我有一周多没去过鸡窝了。你认为，这件事是谁干的？"

"我一点儿也想不出来，除非——"雷迪四处张望了一下，确定没人在一旁偷听，"除非是那个让大家害怕的陌生家伙干的，当然，我可不怕他。"他低声补充说。

臭鼬吉米的耳朵绷得更直了。"你真这么想？"他问。

"你还是跟我过去看看吧。"雷迪回答。臭鼬吉米同意了。

臭鼬吉米去一探究竟

臭鼬吉米和雷迪一起，沿着弯弯小路来到了青草地。雷迪一路上走得匆匆忙忙，一副不耐烦的样子，而臭鼬吉米做事从不慌张，现在也走得不紧不慢。雷迪只好停下来等着，他显得格外焦虑不安，不停地左顾右盼，不时回头看看身后的灌木和杂草。他尖尖的耳朵向上翘着，不放过一点儿动静。他用力吸着鼻子，嗅着空气中每一丝风吹草动。很显然，雷迪浑身上下都感到不自在。

"快点，吉米！快点！"每隔几分钟，他就用听上去还算愉快的声音催着臭鼬吉米。

臭鼬吉米才不着急呢！是的，看上去，他确实比平时走得慢。雷迪越是急得跳脚，臭鼬吉米就越是不慌不忙。每当雷迪转过身去，臭鼬吉米就咧嘴一笑，小眼里闪着恶作剧的光芒。你瞧，臭鼬吉米知道雷迪在吹牛，他其实很胆小，而臭鼬吉米自己却并不害怕，他从观察雷迪的一举一动中，找到了乐子。有一次，当雷迪停下来仔细搜索草丛的时候，臭鼬吉米蹑手蹑脚地来到他身后，拽住他的尾巴猛地一扯。雷迪发出一声恐怖的尖叫，一下蹦起老高，跑得要多快有多快。当他听到臭鼬吉米的笑声，才意识到这是臭鼬吉米在和他开玩笑。他猛地刹住脚步，在原地来来回回地兜着圈子。

　　"你到底在笑什么，臭鼬吉米？"他怒气冲冲地喊。

　　"哦，没笑什么，什么也没有。"臭鼬吉米回答，一副若无其事的样子，看上去就好像他既没有笑，也不可能会发笑。雷迪刚想说几句难听的，却忽然意识到，如果他和臭鼬吉米吵起来，臭鼬吉米或许就不会和他一起去了。于是，在等待臭鼬吉米赶上来的时候，雷迪硬生生地把怒气咽进了肚子，脸上挤出一个温和的笑容。

　　最后，他们找到了那丛灌木。那半只鸡仍旧摆在那

儿，和雷迪走的时候一模一样。雷迪刻意和它保持着一段安全距离，把它指给臭鼬吉米看。臭鼬吉米若有所思地盯着它。

"你觉得，是谁把它放在这儿的？"雷迪低声问，好像怕有人偷听似的。

臭鼬吉米抓了抓脑袋，苦苦思索着。"说不定是老鹰红尾巴干的。"他终于说。

"是吗，这我可从来没想过。"雷迪回答。

"但依我看，这只鸡是大晚上被丢在这儿的，而红尾巴从不在夜里捕猎，因为他只能在白天看得清，晚上他眼神不好。"臭鼬吉米补充说，"咱们走近些瞧瞧，或许能发现是谁干的。"

　　"这是个好主意。"雷迪回答，起身朝着那只鸡走去。他走了几步，突然停了下来，仿佛忽然间想起了什么重要的事。"要不这样吧，"他说，"我们中最好有一个负责放哨，确保周围没什么危险。我个子比你高，看得比你远，所以我留在这儿放哨，你过去看看能查出点什么吧！"

　　臭鼬吉米一下子看穿了雷迪的想法，可他并不担心，因为他几乎没什么好害怕的，所以他同意了。当雷迪在一旁放哨的时候，臭鼬吉米小心翼翼地走到了那半只鸡旁边。他的眼睛瞪得大大的，想要看清楚是否有什么陷阱。但是那儿什么也没有。他在那儿待了很久，最后走出来时，脸色异常平静。

　　"呃，是红尾巴干的吗？"雷迪迫不及待地问。

　　"不，"臭鼬吉米说，"不是红尾巴，也不是胡迪。这家伙的牙齿和你很像，但比你的要粗；他的脚印也和你

的很像，但比你的要大。这只鸡根本就不是布朗家的，而是从一个更远的地方弄来的。也就是说，这家伙的脑子比你聪明，雷迪。因为大家都知道，如果有谁从布朗家偷了鸡，布朗的儿子一定会带着猎犬鲍泽，把周围翻个底朝天的。"

登门拜访迪格

管他狐狸还是人类，
一旦出现危险的气息，
停下脚步，赶快回家，
直到危险消失无踪。

雷迪就是这么想的。当臭鼬吉米告诉他，那半
只鸡是被一个牙齿和脚印与自己很像，但却
比自己更大的家伙放在那儿的时候，"赶快回家"的念
头一下子就蹦了出来。雷迪做出一副将信将疑的样子，
"哼！"他说，"你怎么知道那个家伙的脚印和我的很像，

却比我的大呢？你不是也没亲眼见过他吗？"

"是的，"臭鼬吉米摇了摇头说，"我的确没亲眼见过他，我也不需要。他的脚印清清楚楚地留在了地上，你自己过来看看吧，雷迪。"

"不了，谢谢！"雷迪慌忙答道，"事实上，我在绿森林那儿还有些重要事得去办，我得赶快走了。你肯定能理解我的，对吧，臭鼬吉米？如果你说这脚印和我的很像，只不过大一些，我当然毫不怀疑。如果可以的话，我倒真想过去看看，但是我发现时间不够了。顺便说一嘴，我觉得，你要是能再走近点看看，说不定会发现，

那不过是狗的脚印。很抱歉我没法等你了，我赶时间。如果你有那个陌生家伙的任何消息，请务必通知我一声。"说完，他就向绿森林跑去。

臭鼬吉米笑了，他很清楚，雷迪其实根本没什么要紧事，他不过是嗅到了危险的气息，想尽快溜走而已。

"别自欺欺人了，雷迪，我一看就知道那不是狗的脚印。而且我还用鼻子闻了闻，那根本不是狗的气味！"臭鼬吉米趁雷迪还没跑远，对他扯着嗓子喊。

臭鼬吉米看着雷迪的身影渐渐消失，只见雷迪不停地扭头往臭鼬吉米身后看去，好像期待着他身后冒出什么可怕的东西，臭鼬吉米不禁咯咯咯地笑出声来。"在我没搞清楚害怕的东西前，我才不会像你那样一溜烟地跑掉呢！"臭鼬吉米带着极度不屑的神情，大声说，"你们有谁见过这么胆小的家伙？"

雷迪走了，臭鼬吉米的思绪又被拉回到这件怪事上来。现在本来是青草地一年中最快乐的时候，没想到，所有的快乐都被这件怪事硬生生地破坏了。一个陌生的家伙，在夜里发出恐怖的叫声，这声音既不是胡迪，也不是迪皮，更不是一只狗，也不是这三种声音合在一起，

这叫声令所有小动物感到害怕，他们再也不敢出远门了。一个牙齿和脚印与雷迪相似，却又比他更大的家伙把半只鸡藏在灌木丛中。整件事看上去透着奇怪，的确非常奇怪。臭鼬吉米想得越多，越觉得那个发出怪声的家伙就是长着一副大牙和大脚的人。臭鼬吉米挠挠头，觉得脑子有点乱，忽然，他的目光落在了贝吉獾迪格家。他的眼睛一下子亮起来。

"我得去拜访迪格一趟。或许他知道点什么。"臭鼬吉米说，然后就动身了。

迪格正在门口的台阶上坐着。他脾气暴躁，动不动就情绪失控。青草地不少小动物很怕他，因此他没什么朋友。但臭鼬吉米除了农夫布朗的儿子外谁都不怕，当然，只要他没拎着那支该死的枪。因此，臭鼬吉米径直朝着迪格走了过去。

"早上好！"臭鼬吉米礼貌地说。

"早啊！"迪格咕哝着回答。

"你对青草地发生的怪事怎么看？"臭鼬吉米问。

"什么怪事？"迪格问。

于是，臭鼬吉米就把那怪声和怪脚印的事一股脑儿

全告诉了迪格。

在臭鼬吉米讲完之前，迪格一直保持着一声不吭的样子。然后，他呵呵呵地笑了。

"哎呀！"他说，"这一定是我在大西边时的老朋友——丛林老狼来了。"

丛林老狼定居下来

真相终于水落石出了。迪格告诉臭鼬吉米，是丛林老狼可怕的叫声吓到了青草地和绿森林里的小动物们，于是，臭鼬吉米派开心小清风们飞过笑微微池塘，沿着笑哈哈小溪，穿过绿森林，到了青草地，把从大西边来的丛林老狼要在这里安家落户的消息告诉了大家。当天晚上，当大家再一次听到丛林老狼的叫声时，开始觉得它似乎没那么可怕了。你瞧，他们一旦搞清楚了那个陌生家伙的身份，一切就不同了。

战栗仍然在乱窜，

赶走愉快的睡眠，

一旦知道了真相，

大家都恢复平静。

　　这话听上去有些怪怪的，但事实就是如此。你瞧，青草地和绿森林中的小动物们搞不清该害怕谁，无时无刻不过着提心吊胆的日子。他们不敢睡觉，不敢出门。但当他们得知是丛林老狼把他们吓得半死时，一下子感觉好多了。迪格是在大西边的时候认识丛林老狼的，他们俩是邻居。迪格把老狼的长相告诉了臭鼬吉米，臭鼬吉米又把这个消息散布出去，因此，如果小动物们遇到丛林老狼，一下子就能把他认出来。尽管大家都明白，千万不能让老狼有机会逮住自己，但是每个人都在内心深处坚定地相信，哪怕自己只比老狼精明那么一丁点儿，就肯定是安全的。

　　当然啦，没过多久，丛林老狼就知道自己被大家发现了。他自顾自地咧嘴笑了，伸了个舒舒服服的懒腰，打了个大大的哈欠，从藏身之处慢慢走了出来。

　　"我觉得，是时候拜访拜访我的邻居们了。"他一边

说，一边朝着迪格家走去。开心小清风最先看见他，一阵紧张过后，他们慌慌张张地把这个消息告诉大家：那个从大西边来的陌生家伙正大摇大摆地出来溜达了！哦，天哪，天哪！小动物们没头没脑地四处乱跑，想找个安全的地方躲起来！而老狼却装作没看见，自顾自地走着自己的路。

迪格就坐在家门口的台阶上，当他看到丛林老狼的时候，咧嘴笑了。

"你终于来拜访老朋友了。"他说。

这下子，轮到丛林老狼面露微笑了。"是啊，獾老弟，"他回答，"事实上，我一直过着低调的生活。"

"除了晚上吧！"迪格说，然后大声笑起来，"我觉得，你叫起来挺好听的。"

"我猜你这是第一次听见吧！"丛林老狼打断了他的话。

"我第一次听到的时候以为自己在做梦，"迪格继续说，好像没听见丛林老狼的话，"听上去感觉就像回到了老家一样。给我讲讲，你怎么会从大西边到这儿来呢？"

"这实在是一言难尽啊，我还想问你同样的问题呢。

我觉得自己会在青草地安家，我喜欢这里。现在，我要去拜访拜访其他的邻居了，我希望他们看到我会感到高兴。"他一边说着，一边咧嘴笑了。他实在是太清楚，新邻居们对他究竟有多害怕。

"你有空再来吧！"迪格说。

"一定。"丛林老狼回答，说完朝笑微微池塘走去。

丛林老狼巧遇雷迪

无论你内心有何感受，
高昂起头！拿出尊严！
决不后退！面露勇敢！
即便害怕，也绝不承认。

当臭鼬吉米还是个小不点儿的时候，他就懂得
这个道理。现在，他几乎什么也不怕，只有
一次除外。哦，是的！那是他第一次出远门，探索世界
的时候。在那之前，他并不清楚，所有人都对他形影不
离，充满臭气的小口袋也充满了恐惧。你知道，彼得兔

的胆子很小，而那时的臭鼬吉米就像彼得兔一样，经常会觉得害怕。但臭鼬吉米往往会想起这首小诗，尽管有的时候，他不得不把嘴巴闭得紧紧地，不让自己的牙齿因为害怕而咯咯地打架。他会高高地扬起头，死死地站在原地，看上去一副勇气十足的样子。你猜，接下来会发生什么？动物们开始传说臭鼬吉米无所畏惧，所以没人想去找他的麻烦了。当然啦，当臭鼬吉米弄明白这点之后，他的的确确什么也不怕了。

但是雷迪却恰恰相反。他爱说大话，特别喜欢吹嘘自己勇敢。可是，一旦发觉自己所处的环境有危险，立马就露了馅儿。雷迪

永远也学不会勇往直前。当他第一次听说那个在夜里发出可怕叫声的家伙是从大西边来的丛林老狼，还准备在青草地安家落户的时候，雷迪轻蔑地说："哼！我才不怕他呢！"他挺胸抬头，大摇大摆地走来走去，好像自己说的全是真话一样。但雷迪其实一直特别小心翼翼，生怕自己一个不小心就和丛林老狼打个照面。

当然啦，雷迪的话传到了迪格的耳朵里，迪格把它告诉了丛林老狼。老狼只是狞笑了一下，连一个字也没说。他注意到，雷迪非常小心地和自己保持着距离，他打定主意要会会雷迪，瞧瞧他究竟有多勇敢。在一个月光皎洁的夜晚，丛林老狼躲在一棵老树后面，那里离雷迪喜欢捕猎的地方很近。很快，雷迪蹑手蹑脚地走了过来，四下寻找傻乎乎的小田鼠当晚餐。忽然，就在老牧场的边缘，响起了丛林老狼的叫声，雷迪万万没想到，他会在这儿碰见老狼。当他绕到老树的另一边时，黑影里突然响起一个低沉的声音：

"狐狸老弟，晚上好啊！"

雷迪感到一阵眩晕，吓得心脏像要从喉咙里跳出来一样。掉头就跑是来不及了，丛林老狼就站在他跟前。

雷迪试图挺起胸膛，就像他在那些害怕他的小动物面前做的一样，可不知怎么搞的，他失败了。"晚——晚上好，丛林老狼，"他用弱弱的声音回答，"我听说你来青草地定居了。我——我希望我们能成为最好的朋友。"

"那是当然，"丛林老狼回答说，"我和那些不怕我的家伙通常都是最要好的朋友，我还听说，你谁也不怕。"

"是——是的，我——我谁也不怕，"雷迪说，"每个人都怕我。"他一边说着，一边慢慢地往后退，尽管嘴上说不怕，身体却哆嗦个不停。一切都落在了丛林老狼的眼里，他不禁暗自窃笑。

"我可不怕你，狐狸老弟！"老狼突然用一个低沉而

又可怕的声音说，"嘿，嘿，嘿，我可不怕你！"他说话时，背上的毛一根一根地竖了起来，他张开嘴，露出了那巨大而锋利的牙齿。

雷迪可不像臭鼬吉米那样，能勇敢地站稳脚跟。他猛地向后一跳，不小心被自己的尾巴绊倒，摔了个四脚朝天，一边嚎叫着一边手忙脚乱地爬起来，用他这辈子最快的速度逃之夭夭。当他跑掉的时候，丛林老狼的大笑声传遍了整个青草地和绿森林：

"呵，呵，呵！哈，哈，哈！嘿，嘿，嘿！狐狸雷迪从不害怕！呵，呵！"

雷迪脚下没停，咬着牙，带着一肚子怒火跑掉了。

狐狸奶奶去见豪猪胖刺头

"我常听奶奶说：

跑得快，活得久。"

雷迪不知不觉把这句话大声念了出来。他试图让自己相信，他不是个胆小鬼。至于从老狼面前落荒而逃这件事嘛，在当时那种情况下，谁都会那么做的。所以，他不知不觉地大声说了出来。

"但是逃命的人需把尊严抛诸脑后。"

一个声音从雷迪的头顶传来。不用抬头，他就知道，那准是松鸦萨米。萨米总是在最不受欢迎的时刻出现。

雷迪从他的眼里看出，萨米目睹了他和丛林老狼碰面的整个过程。

"你来这儿干什么？"雷迪咆哮着问。

"来告诉狐狸老奶奶你有多勇敢呀！"萨米回答，目光中带着嘲讽，"还有，你逃起来有多快。"

"你最好老老实实管好自己，离我远一点儿。不管怎样，我会亲自把整件事原原本本告诉奶奶的。"雷迪厉声说。

雷迪其实并没有说实话，因为他压根儿就没打算告诉奶奶，他是怎样从老狼的面前夺路而逃的。但是，当他看到狐狸奶奶从他身后的灌木丛中慢慢悠悠地走出来的时候，雷迪连一个字儿也说不出来了。狐狸奶奶去了趟老牧场，在那里待了一两个星期，刚刚回来，因此，她对丛林老狼给小动物们带来的恐惧毫不知情。

"我已经准备好了，雷迪。"她说。

雷迪把头垂下来，使劲儿咳嗽了两声，用力清了清嗓子，想找个办法让自己摆脱窘境。但是这根本没用。萨米就坐在一边，就算他自己不说，狐狸奶奶也会知道发生的一切。他的声音小小的，含含糊糊，害得狐狸奶

奶两次提醒他说话大声点。雷迪告诉狐狸奶奶，他是如何从老狼面前跑掉的，丛林老狼又是如何笑话他的，结果，青草地和绿森林中的小动物们都听到了。

"他笑话你是理所应当的！"狐狸奶奶猛地打断了他，厉声说，"你就是个胆小鬼，雷迪，一个实实在在的胆小鬼。在必须逃命时撒腿就跑并没有错，而面前毫无危险时反而落荒而逃就是懦夫。呸，赶紧从我眼前滚开！"

雷迪偷偷摸摸地溜掉了，一边咕咕哝哝地抱怨着，

一边愤怒地看了一眼萨米，他正瞧着自己狼狈的样子暗自发笑。当狐狸奶奶确定雷迪已经不见了踪影，就坐下来，紧锁着眉头思考。

"丛林老狼是一条狼，"她自言自语地说，"一条狼出现在青草地和绿森林，意味着当食物短缺的时候，雷迪和我外出捕猎就会变得格外困难。我跟他打一架也无济

于事，他和我比起来又高又壮。我得想法子给他找点麻烦，或许这样才能把他赶走。我得弄清楚他是否已经见过了豪猪胖刺头。我必须马上去找他！"

　　狐狸奶奶穿过绿森林，准备去见豪猪胖刺头，路上她的脑子转个不停。她要想方设法地给丛林老狼找点麻烦。

狐狸奶奶讲了个故事

虚构的故事，
总伴有渴望的耳朵，
搬弄是非提供养料，
麻烦就是这样制造的。

关于这段话的意思，没有人比狐狸奶奶理解得更清楚了。通过捏造几个小故事来给别人制造麻烦，在这方面，没人比她做得更棒。你瞧，很久以前她就知道，卑鄙的谣言一旦产生，传播的速度会像长了翅膀一样，要多快有多快。因此，一旦出现某个她不敢面对面干一仗的家伙，她就会利用这些捏造的故事来代替锋利的爪子和尖锐的牙齿，它们造成的伤害往往更加严重。

你可能会认为，青草地和绿森林里的动物已经认识了丛林老狼，它们才不会相信狐狸奶奶的故事呢！然而，事实上，很多人都愿意竖着耳朵听听别人的倒霉事，才懒得费力气去搞清楚事实真相呢！狐狸奶奶对这一点非常清楚。她把这些故事讲得绘声绘色，就好像她亲眼所见一样，当然，总有人要替她背黑锅啦！哦，狐狸奶奶真是狡猾！是的，的确如此。

计划第一步是去见豪猪胖刺头。她在一棵白杨树的树梢上找到了他。豪猪胖刺头跟往常一样，正用柔软的

嫩树皮填着肚子。狐狸奶奶慢悠悠地溜达着，装作无意间经过的样子。当她看到豪猪胖刺头的时候，立马扮出一副惊讶的表情。

"早上好，豪猪胖刺头，"她用愉快的声音说，"你看上去既高大又威猛，既强壮又勇敢！"

豪猪胖刺头停下嘴，疑惑地看着树下的狐狸奶奶，听了这话，他看起来挺开心。

"哈！"他咕哝着，又埋头开始啃树皮。

狐狸奶奶继续说了下去。"和你说吧，当我今天早上听到那件事的时候，我一个字也不信。我——"

"什么事？"豪猪胖刺头打断她说。

"什么，你居然还不知道？"狐狸奶奶用充满惊讶的语气说，"水貂比利告诉我，那个陌生的家伙，丛林老狼，打算在这里安家，一直到处吹牛说他谁都不怕，而且谁都怕他。有人问你怕不怕他时，他回答说，你一看到他的影子，就会一下子爬到树尖上躲起来。当然啦，这话我可不信，我知道你谁也不怕。但是其他人都相信了，他们说丛林老狼曾吹嘘，第一次在路上遇见你的时候，就想把你做成豪猪大餐呢！"

狐狸奶奶还没说完，豪猪胖刺头就从树上爬了下来，一双平日里显得呆滞的眼睛，此刻却闪着光芒。那是愤怒的光芒。豪猪胖刺头此刻看上去一脸凶狠。

"你要去干什么？"狐狸奶奶问，不由自主地向后退了一点儿。

"去给那个吹牛皮的家伙一个机会，让他尝尝豪猪大餐的滋味。"豪猪胖刺头咕哝着说。

狐狸奶奶转过身去，偷偷一笑。"我想你现在是找不到他的，"她说，"但我听说，他打算趁你今晚去笑微微池塘喝水时抓住你。"

"我就在那儿等他。"豪猪胖刺头咕哝着说。

狐狸奶奶向豪猪胖刺头告别，带着居心叵测的笑容离开了。她心想豪猪胖刺头居然这么容易就上当了。

故事的另一个版本

相信善意的话，

怀疑恶意的话。

传播友好的话，

忘掉烦恼的事。

如果每个人都能这样做，世界将会变得多么美好啊！

哎呀，是的，的确会这样！狐狸奶奶那种为制造矛盾而捏造谣言的人将没有立足之地。不过，我们得为她说句公道话——她很少故意找麻烦。是的，她几乎从不

这样做，除非，她和雷迪能从中得到某种好处。

现在的情况就是如此。你瞧，她打从心眼儿里觉得，丛林老狼根本无权待在青草地和绿森林。他是个来自大西边的陌生家伙，而她和雷迪才是土生土长的本地人，他们住在这儿名正言顺。她很担心丛林老狼会霸占他们的地盘。但她既不够高大，又不够强壮，没法打败老狼把他赶走。因此，她能想出的唯一办法就是令他麻烦缠身，不得不自动离开这里。她对豪猪胖刺头编了个故事，尽管他们还不认识彼此，但他已经对老狼满怀愤怒了。

现在，她得赶去笑微微池塘了，因为她听说，丛林老狼有在岸边晒太阳的习惯。

果然，当她赶到那儿时，一眼就看到，老狼正舒舒服服地躺在太阳下，和坐在池塘中央睡莲叶子上的青蛙爷爷聊天。狐狸奶奶来到池塘的另一边，正对着老狼躺着的地方。

"你好吗，老狼先生？我刚听

说，你要来到我们这儿定居了，我相信，大家都对你的到来表示由衷的欢迎。"狐狸奶奶脸上挂满了笑容，说得就好像是她的真心话一样。丛林老狼抬起眼皮看了看她，暗自思忖："她的话，我一个字也不信。狐狸奶奶很有礼貌，显得过分客套了，我得搞清楚她想玩什么鬼把戏。"他用与狐狸奶奶一样的，温和而愉快的嗓音大声回答：

"我很好，谢谢！我对你们的欢迎充满感激。我敢肯定，我们会成为好朋友的。"

丛林老狼一边说，一边偷着乐。他很清楚，他们不可能成为朋友，狐狸奶奶才不想和他做朋友呢！你瞧，老狼和狐狸奶奶一样狡猾。

"是的，我敢肯定我们会的，"狐狸奶奶回答，"你是多么魁梧而强壮啊！老狼先生，我相信你谁都不怕。"

丛林老狼听了很高兴。"当然了。"他说。

狐狸奶奶挑起眉毛，做出一副诧异的样子。"真的吗？"她大呼小叫地喊，"可我听说，豪猪胖刺头四处扬言说你怕他，只要他在，你就不敢踏进绿森林一步。"

丛林老狼猛地一下跳了起来，黄眼珠子冒出可怕的

光芒。狐狸奶奶此刻为自己在池塘的另一边而感到高兴。

"我不认识什么豪猪胖刺头,"老狼说,"你告诉我,在哪儿能找到他,我要立刻去会会他。"

"他现在可能还在树上睡觉呢,"狐狸奶奶回答,"但如果你真想见他,可以在笑微微池塘等着,他傍晚时会去喝水。我希望你还是小心一点儿,老狼先生。"

"小心!小心!"老狼充满轻蔑地哼了一声,"等我见过他后,世界上就没有叫豪猪胖刺头的了。"

青蛙爷爷发出"呱——呱!"的叫声,严厉地瞪了狐狸奶奶一眼,狐狸奶奶冲着他,眨了眨眼睛。

相遇在笑微微池塘

争吵带来的麻烦，

一旦开始，

就会有人起哄，

趁机找乐。

通常情况下，吵架对两只动物而言，实在算不上什么值得高兴的事，但是邻居们会把他们团团围住，在一旁起哄，起劲儿地鼓动他们吵个不停，把局面搞得更加糟糕。豪猪胖刺头和丛林老狼在笑微微池塘相遇时，就是这样一种情况。丛林老狼来自大西边，而豪猪胖刺头打北方森林来，在此之前他们从来没见过面。豪猪胖刺头对老狼从头到脚打量了一番，嘟囔着说："我会很快教训他一下！"他觉得，这家伙像只巨大的灰狐狸或灰狗，而豪猪胖刺头曾与许许多多的狐狸和狗打过架，因此，当这个陌生的家伙露出巨大的尖牙，对他狞笑个不停的时候，他一点儿也没觉得害怕。

但是丛林老狼知道，不能根据表面现象就随随便便地下结论。他这辈子从没见过这样的动物，他不知是该咧嘴大笑还是做出一副害怕的样子。他面前的东西像个长着四条腿的、浑身带刺的大毛栗子，当他冲着老狼快步走过来的时候，身上数不清的短刺相互摩擦着，发出吱吱嘎嘎的声音，这使他看上去更像个毛栗子了。丛林

老狼从没和这样的家伙打过架，一时间有点不知所措。他不喜欢那些刺，越是接近，他越讨厌那些刺。所以，他往后退了几步，发出一阵阵愤怒的咆哮。

豪猪胖刺头和丛林老狼之间将有一场恶斗的消息就像插上翅膀一样，传遍了整个青草地和绿森林。住在这里的每个胆大的动物都想去看一看。松鸦萨米和他的表哥乌鸦黑黑来到现场，站在一棵松树梢上往下望，起劲儿地尖叫个不停。快乐松鼠杰克和红松鼠喳喳肩并肩坐在一棵树上，把他们之间曾经的恩怨暂时放下，兴致勃勃地看着这一切。负鼠比利叔叔和浣熊波比特意牺牲午睡前来观战，在一棵大栗子树上找了个安全的地儿往下瞧着。田鼠丹尼和他的堂弟林鼠白脚丫，尽管怕得浑身发抖，还是忍不住透过空心树的缝隙向外偷看。土拨鼠乔尼不敢靠得太近，只好藏在一棵倒了的大树后面等着看好戏。水貂比利和麝鼠杰里安静地泡在笑微微池塘里，慢慢地向更远点的岸边游去，那儿看得既清楚又能保证安全。狐狸雷迪和狐狸奶奶也在那儿，他们隐蔽得很好，没人能发现他们。

你猜，他们每个人都希望发生什么事？啊，他们希

望豪猪胖刺头能把丛林老狼赶出青草地和绿森林。你瞧，他们每个人都害怕丛林老狼，都打心眼儿里希望，豪猪胖刺头能让老狼的脸上扎满尖尖的刺，让他哀嚎着滚蛋，就像之前他教训猎犬鲍泽那样。

快与慢的智慧

当豪猪胖刺头和丛林老狼在笑微微池塘相遇时，一场快与慢的较量，就此拉开了帷幕。你瞧，豪猪胖刺头做事一向很慢，但他猛地挥起那条奇怪的尾巴痛击敌人时是个例外。可是在别的事上，哦，他的动作实在是太迟缓啦！如果他要去一个地方，那么，走起路来不慌不忙的样子，就好像全世界所有的时间都可以供他挥霍一样。即便他爬树时也是一样。他的动作迟缓，脑子也转得不快。事实上，即便是在思考问题这件事上，他也完全看不出有任何匆忙的必要。

但是丛林老狼正好相反。是的，朋友们，恰恰相反。

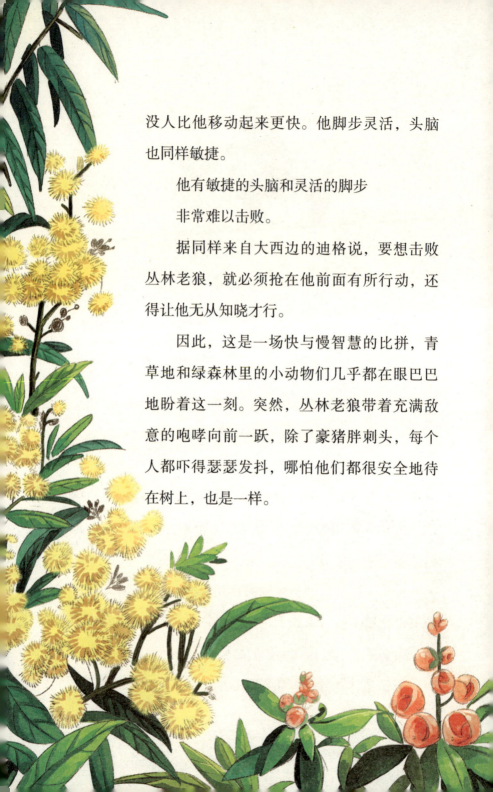

没人比他移动起来更快。他脚步灵活，头脑也同样敏捷。

他有敏捷的头脑和灵活的脚步

非常难以击败。

据同样来自大西边的迪格说，要想击败丛林老狼，就必须抢在他前面有所行动，还得让他无从知晓才行。

因此，这是一场快与慢智慧的比拼，青草地和绿森林里的小动物们几乎都在眼巴巴地盼着这一刻。突然，丛林老狼带着充满敌意的咆哮向前一跃，除了豪猪胖刺头，每个人都吓得瑟瑟发抖，哪怕他们都很安全地待在树上，也是一样。

豪猪胖刺头可没发抖。是的，他没有。他发出阵阵愤怒的咕噜声，全身的刺一下竖了起来，吱吱嘎嘎地响着。

丛林老狼咆哮着一跃而起，想吓唬一下豪猪胖刺头，同时小心地与那些哗哗作响的刺保持安全的距离。当发现豪猪胖刺头一点儿也不害怕的时候，老狼一计不成，又生一计。或许，他应该从豪猪胖刺头身后展开攻击。于是，老狼快如闪电，一下子跳过豪猪胖刺头，想从背后抓住他。但是他没成功！要知道，豪猪胖刺头背上的每一处，都覆盖着数不清的尖刺。

豪猪胖刺头慢悠悠地转过身去，看着他的对手。

"被耍了吧，聪明先生？"他咕哝着说，眼睛里闪着一团团怒火。

丛林老狼一句话也没说，一副笑眯眯的样子。从头到尾，他一直都在仔仔细细地观察。他发现，豪猪胖刺头的背部和身体两侧被数不清的刺妥妥地保护着，但是肚子上连一根刺也没有。

"我得想个法子从底下抓住他。"他想，他开始围着豪猪胖刺头一圈一圈地兜着圈子，而豪猪胖刺头也慢慢地跟着他不停地转啊转，想让自己的脸一直冲着丛林老狼。老狼跑得越来越快，豪猪胖刺头也转得越来越快。他那慢吞吞的脑子想搞清楚，这究竟是怎么回事，但无

济于事。很快，丛林里观战的动物们也被绕晕了。真是奇怪！忽然间，比利想明白了。

"他想把豪猪胖刺头绕晕。"他低声对浣熊波比说。

"咱们得赶快通知豪猪胖刺头，他自己可琢磨不明白，否则，一切就太迟了。"浣熊

波比低声回答。

　　他们正要这样做时，这场奇怪的决斗就接近了尾声。豪猪胖刺头仍然没搞清老狼的意图，他被这种看似愚蠢的行为搞得筋疲力尽，决定停下来休息一下。他突然停止了旋转，在地上缩成一个圆圆的球，看上去就像个巨大的毛栗子。每个人都屏住呼吸，期待着老狼下一步的举动。

豪猪胖刺头的尾巴

谁若打定主意，
来顿豪猪大餐，
必得战胜尖刺，
才能享受美味。
人人皆是如此，
管他雷迪比利，
还是其他动物，
务必牢记在心，
先要战胜尖刺。

当丛林老狼围着豪猪胖刺头兜圈子的时候，他对这首诗理解得再透彻不过了。他从没尝过那些尖刺的威力，也根本不想尝。他讨厌这些刺。终于，豪猪胖刺头躺在地上，团成了一个巨大的刺球，丛林老狼找了个稍远点的地方坐下来，琢磨着怎样才能抓住他，同时还不会被那些锋利的刺扎伤。

他的舌头搭在嘴边，坐在那儿想啊想啊，一直想了很久。有一次，他对着松鸦萨米和乌鸦黑黑眨了眨眼，

却没吭声。他们两个相视一笑，也对老狼使了个眼色，奇怪的是，他们也没吭声。你瞧，这动作告诉他们，丛林老狼和自己是同一类家伙，都是狡猾的无赖。

青草地和绿森林的居民们也都没吭声。一些是因为胆子小，其余的则都在焦急地等待，想知道接下来会发生什么意想不到的情况。西风老妈妈张开口袋，在紫山坡后面等待孩子们回家。四周是那样地安静，就连树梢上的小树叶对着开心小清风们轻声道晚安的声音都听得清清楚楚。四周是那样地安静，以至于过了一会儿，豪猪胖刺头开始怀疑，是不是只剩下他自己待在那儿了。你想啊，他用那种方式缩成一团，肯定什么也看不见，只能靠耳朵听。他又等了一

会儿，慢慢把身体张开一点儿，悄悄向外看去。他看到丛林老狼坐在那儿，于是又迅速地缩成一团。

当他又一次把身子蜷起来的时候，老狼采取行动了。他对萨米和乌鸦黑黑使了个眼色，轻轻地，轻轻地踮起脚尖，慢慢绕到了豪猪胖刺头的另一侧坐了下来，安静得就像一片落叶那样，无声无息。

"现在，"他想，"他要是再向外偷看，会以为我走了，那么，我或许有机会出其不意地抓住他。"

波比看穿了他的整个计划。"应该有人警告一下豪猪胖刺头。"他对比利低声说。

比利摇摇头。"不，"他低声回答，"别这么干，獾老弟！这不公平。这是他们的决斗，不是我们的，尽管我和你一样，希望豪猪胖刺头老弟能赢，但是我觉得插手其中不大合适。他们自己的问题还是自己解决吧！"

过了好一会儿，什么事也没发生。丛林老狼不想再等下去了。他小心翼翼地越走越近，伸出鼻子不停嗅着地上的豪猪胖刺头。每个人都屏住呼吸，回忆起在鲍泽身上发生的悲惨的一幕——他一边吸着鼻子，一边靠近豪猪胖刺头，豪猪胖刺头那条满是尖刺的尾巴突然重重

地抡在了鲍泽脸上。现在，他们希望同样的一幕在丛林老狼身上重演。因此，他们屏气凝神，死死地盯着丛林老狼和豪猪胖刺头的尾巴。

丛林老狼的智慧

当你遇到对手，

除了勇敢无畏，还需小心谨慎。

如果武器是尖牙和利爪，

你就无须畏惧。

切勿掉以轻心，仓促行事，

以免承受意外的打击。

就像对豪猪胖刺头那样，

甩出身后危险的尾巴。

丛林老狼对那条危险的尾巴一无所知。他不清楚鲍泽是如何带着一脸尖刺，哀嚎着逃回到家的。但是丛林老狼一贯小心行事。哦，是的！他一贯如此。你知道，小心行事的意思就是，无论去哪儿，不管做什么，在确定没有潜在危险前，都要非常，非常仔细。没人比丛林老狼更加小心，即便是聪明而狡猾的狐狸奶奶也不如他。

所以现在，尽管豪猪胖刺头在他面前蜷成个球，除了全身数不清的尖刺，看上去一副无害的样子，丛林老狼还是格外谨慎——他太机灵也太小心了——他才不会像鲍泽那样冒冒失失就采取行动。他悄悄走向豪猪胖刺头，伸出鼻子，好像在嗅着他的气味，却突然停了下来。观战的小动物们一下子屏住了呼吸，满怀兴奋和激动地将手按在胸口，期待着鲍泽身上发生的一幕在老狼这里重演。

是的，朋友们，老狼突然停了下来。他盯着豪猪胖刺头研究了一会儿，然后绕着他慢慢地走着，心里还是在不停地琢磨着什么。

"离近点看上去没什么危险，"丛林老狼想，"但是很久之前我就懂得，你不能总是根据事物的表象来下结论，有时，越是看上去无害的东西就越危险。这只愚蠢的豪猪蜷在那儿一动不动，仿佛连一只跳蚤也不会伤害，但我不这么想，在搞清楚状况前，我可不能再靠近了。"

他深思着挠挠头，想出了一个办法。他开始在柔软的地上挖起坑来。

"他到底在干吗？"杰克低声问。

"我也不知道，"红松鼠喳喳小声回答，"可能过一会儿就真相大白了。"

话音未落，丛林老狼突然扔出一小块泥巴，砸在了豪猪胖刺头身上。当然啦，豪猪胖刺头不知道外面发生了什么事，他把头藏在了肚子下面。他一直努力听着外面的动静，感觉老狼的脚步声离他越来越近。泥巴击中他的时候，他还以为是丛林老狼，于是用尽全力将尾巴在空中闪电般地一甩。当然啦，他没有击中任何人，因为根本就没人靠近他，但是老狼已经知道了他想要的一

切。

"哈，哈，哈！"他大笑道，"轮到我耍弄你了，下次你早点起床，也想个这样的主意来戏弄我，聪明先生！"

你猜，接下来他会怎么做？他在豪猪胖刺头身边，开始用最快的速度打洞。豪猪胖刺头一动不动地待了一会儿，然而，他可不想被活埋。既然他的把戏被狡猾的老狼看穿了，也就没必要再待着不动了。随着一阵愤怒的叫声，豪猪胖刺头从地上一跃而起，竖起全身的尖刺，对准老狼猛地冲了过去，老狼急忙往旁边一闪，笑得上气不接下气。

被戳穿的把戏

狐狸奶奶既聪明又狡猾，

我们一点儿也不觉得意外。

但聪明劲儿用错了地儿，

就绝对不能得到原谅。

那不是人人夸奖的智慧，

而是众所周知的愚蠢。

尽管狐狸奶奶竭尽全力，却还是犯了个严重的错误，一个致命的错误。你瞧，她已经习惯性把自己当作所有住在这里的动物中最最聪明和智慧的一个，但她并不了解丛林老狼。现在，她和雷迪躲在藏身之处，观看着丛林老狼和豪猪胖刺头间的战斗，她的自尊心被深深地刺痛了。丛林老狼证明了自己比豪猪胖刺头聪明，她看到老狼笑得上气不接下气的样子，恨得牙根痒痒。突然，她停止了咬牙切齿，听见老狼说："你四处夸口说要把我赶出绿森林，是吗，豪猪先生？现在，我就给你这个机会。"

豪猪胖刺头正笨拙地冲向老狼，一听这个，急急地收住了脚步。

"是你在说大话，吹牛皮！"他咕哝着说，"你不是打算头回见面就吃豪猪大餐吗？你干吗不把牛皮吹得再大点？"

丛林老狼止住了笑容，竖起了耳朵。"怎么回事？"他问，"怎么回事？好像有人往你耳朵里灌满了谎话，豪猪先生。"

"你也一样，老狼先生，"豪猪胖刺头回答，身上竖着的尖刺慢慢合拢起来，"这话是狐狸奶奶告诉我的。"

"哈！是狐狸奶奶！"丛林老狼打断他，"原

来是狐狸奶奶，这个爱搬弄是非的老家伙告诉我——"
突然间他住了嘴，狠狠瞪着狐狸奶奶和雷迪的藏身之处，
然后朝那个方向纵身一跃。狐狸奶奶和雷迪一溜烟地朝
家跑去，他们跑得太快了，就像两条红色的条带瞬间消
失在了树丛中。

"哈，哈，哈！呵，呵，呵！嘿，嘿，嘿！"丛林老
狼大笑起来，所有观战的动物们也都跟着一起笑了。然
后，他转身看着豪猪胖刺头。

"我觉得你跟我会成为好朋友的。"他说。

"我也这么想。"豪猪胖刺头回答，全身竖起的尖刺
都消失不见了。

狐狸奶奶的诡计

你必须起得很早，
你必须打起精神，
你必须锻炼头脑，
你必须擦亮眼睛。
没什么能逃过他们，
没什么你无法看见。
如果狐狸奶奶在你面前，
你就能抓住，或有希望抓住她。

快乐松鼠杰克在一次与狐狸奶奶遭遇后死里逃生，作了这首诗。那次，他差点就被逮住了，还好只是尾巴掉了些毛。其他小动物对这首诗一致表示赞同，因为他们中的大多数也有过从狐狸奶奶口中死里逃生的经历。

你瞧，这就是狐狸奶奶的处事方式：非常，非常的狡猾。狡猾，意味着既狡诈又机敏，能想出别人想不到的法子。眼下，狐狸奶奶最最想做的事就是把丛林老狼赶出青草地和绿森林。她不能明目张胆地这么做，因为他比她高大和强壮，所以她只能绞尽脑汁地想啊，想啊，想找出些办法好让老狼陷入麻烦，那样他就得卷铺盖卷滚蛋了。

后来，雷迪告诉她，他发现了老狼每天午睡的地方，于是，一个妙不可言的计划浮现在狐狸奶奶的脑海里。至少，看上去完美无缺。她琢磨得越多，这计划也就越完美。

　　但是狐狸奶奶聪明得很，从不草率行事。她对着这个能让老狼陷入麻烦的计划，研究来，研究去，最后终于满意了。

　　"我觉得这办法肯定管用。"然后，她把雷迪叫到了跟前。

　　"我要你确定丛林老狼每天都在同一个地方午睡，"她说，"你必须亲眼看到他在那儿。千万别和任何人提起这件事，我要你每天偷偷这么干。不许告诉别人你在做什么，任何人也不行，最重要的是，一眼都别让老狼看见。"

　　雷迪向奶奶保证他一定会小心。接下来的一周，他每天都蹑手蹑脚地藏在一大团温暖的草丛后面，偷看丛林老狼睡午觉，然后轻轻地踮起脚尖离开，急匆匆地向

狐狸奶奶报告。

"好样的！"她说，"明天接着去，确认他还在那儿。"

"但您究竟想知道些什么呢？"有一天雷迪问，他实在是控制不住自己的好奇心了。

"你不用操心这个，"狐狸奶奶严厉地回答，"按我说的做，很快你就会知道的。"

你瞧，狐狸奶奶太狡猾了，就连雷迪也不知道她的计划，只有她一个人知道，计划才不会被泄露出去。你懂的，这是保守秘密的唯一办法。

猎犬鲍泽的不速之客

鲍泽正躺在农夫布朗家的院子里，边晒太阳边打盹儿。他正做梦呢！农夫布朗的儿子正要穿过院子去玉米地，当他看到这一幕的时候，不禁笑出声来。

"咬他！鲍泽！咬他！就是那只狐狸！这次别再被他耍了。"他喊。

你瞧，鲍泽在说梦话呢！他起劲儿地叫着，隔一会儿就发出一阵兴奋的汪汪声。这下农夫布朗的儿子明白了，他梦见自己在捕猎，正追赶雷迪或是狡猾的狐狸奶奶呢！鲍泽的眼睛紧紧地闭着，根本听不到农夫布朗的儿子的话。他扛着锄头，大笑着离开，去玉米地里干农活去了。

鲍泽变得越来越兴奋。这是他梦中经历的最棒的一次捕猎。他穿过青草地，沿着绿森林的边缘，经过老牧场，所有这些都在他的梦里，跑在他前面的正是狐狸奶奶。他不止一次地被她的把戏捉弄，她真是花样百出。有一次他识破了她的诡计，这使他激动万分，他敢肯定，他这次一定能逮到她。

接下来，奇怪的事情发生了。是的，朋友们，的确非常奇怪。鲍泽看到狐狸奶奶在他前方不远处停了下来。她坐在那里，开始冲着他笑。她笑得上气不接下气，这使鲍泽异常生气。哦，的确很生气。要知道，没人喜欢

被别人嘲笑，鲍泽更是无法忍受狐狸奶奶这样笑话他。他张开嘴大吼一声，冲着她猛扑了过去，接着——哎呀，鲍泽醒了。是的，朋友们，他发出了一声怒吼，一下子把自己吵醒了。

有那么一会儿，鲍泽的眼睛眨啊眨的，因为阳光太刺眼了。他又眨了几下眼，但不再是因为阳光了。哦，是的，不是因为这个！是因为——你猜怎么回事？哎呀，鲍泽不知道自己此刻是醒着还是在做梦。他敢肯定他是醒着的，但是——唔，狐狸奶奶此刻就坐在那儿望着他笑，就像他刚才在梦里看到的那样。是的，朋友们，她坐在那儿，朝着他笑个不停。可怜的鲍泽！他被搞糊涂了。他揉了揉眼，又重新望去。狐狸奶奶还是笑眯眯地坐在那里，跟之前一模一样。鲍泽紧闭双眼，又待了一会儿，他想，或许当自己再次睁开眼的时候，狐狸奶奶就会消失不见。那么，他就会明白，那不过是个梦而已。

但朋友们，这可不是梦！当他再一次睁开眼的时候，狐狸奶奶仍然待在老地方，笑得比之前更加厉害了。就在这时，一只母鸡出现在院子一角。狐狸奶奶止住了笑，快如闪电般地抓住了它，往肩上一扛，溜了，一边还不

忘提防着鲍泽。

　　现在鲍泽明白了，这不是梦里那只狐狸，而是狐狸奶奶，她居然敢在他眼皮子底下偷走一只鸡！鲍泽现在彻底清醒了。他怒气冲冲地大吼一声，猛地跳起来，对狐狸奶奶穷追不舍，害得在青草地玩耍的开心小清风们被他吓了一大跳。

狐狸奶奶有高招

光天化日之下，狐狸奶奶在布朗家院子里对鲍泽进行了挑衅，是她妙计中的一招，她想用这个高招给老狼找点麻烦。首先，她派雷迪确定老狼是不是还在老地方午睡，如果是的话，雷迪就悄悄离开，赶到山脚下弯弯小路的最高处大叫三声。狐狸奶奶就藏在布朗家果园外的老石墙后，当她听见雷迪的叫声，就赶快执行她的计划，而雷迪则跑过去，藏在绿森林边缘一处秘密的地方，观察着四周的动静。

一切都如狐狸奶奶计划的那样按部就班地进行着。当她听见雷迪叫了三声的时候，不过才在老石墙的后面

待了一小会儿。于是她悄悄溜进布朗家的院子，发现熟睡的鲍泽正在做梦。她正打算叫他，鲍泽就被自己的叫声吵醒了。正在这时，一只鸡碰巧出现在院子一角。狐狸奶奶的眼睛亮了。"正好，"她自言自语道，"我要带走这只鸡，在鲍泽忙于追捕老狼的时候——这正是她的计划——雷迪和我就能享受一顿丰盛的晚餐了。"她一把抓住那只鸡，溜了，鲍泽跟在她后面，大嗓门叫得震天响。

狐狸奶奶清楚，她不可能带着那只鸡在鲍泽前面跑很远。所以，她径直穿过老牧场，朝着绿森林边缘，也就是雷迪的藏身之处跑去。当她确定雷迪能看到她时，把那只鸡径直扔进了草丛，转身向青草地跑去。你瞧，她知道鲍泽会在她身后穷追不舍，一旦安全了，雷迪就会从藏身之处偷偷溜出来，拿上鸡，这就是即将发生的一切。

狐狸奶奶在前面跑，鲍泽在后面追。所有小动物们都听到了他的怒吼，都为他不是在追赶自己而感到庆幸。但是狐狸奶奶对此一点儿也不担心。要知道，她耍弄了他那么多次，完全可以故伎重施。她与鲍泽保持了很近的距离，逐渐把他引向丛林老狼每天午睡的地方。她很聪明，没有直接跑到那里。"那是因为，"她自言自语说，"如果那样做，他会变得警惕起来，在鲍泽还没看见他时就溜掉。"所以，她绕着那块地方跑了个大圈，确认丛林老狼舒舒服服地躺在老地方。

狐狸奶奶带着鲍泽，一圈一圈地跑啊，跑啊，离老狼睡觉的地方越来越近了。"一会儿，"她想，"老狼会跳起来跑掉，一旦鲍泽看见他，就会一股脑儿地把我抛在脑后。他会追在丛林老狼的屁股后面，说不定能把老狼永远地赶出青草地呢！"

狐狸奶奶离老狼午睡的地方越来越近了。她快到了。但为什么不见老狼跳起来逃掉呢？最后，她终于跑到了目的地。老狼不是本该躺在那里睡觉吗？怎么哪儿都没有他的影子！到底发生了什么？就在这时，绿森林里传出一个声音，让狐狸奶奶气得差点把牙齿咬碎了。

"哈，哈，哈！呵，呵，呵！嘿，嘿，嘿！"这是丛林老狼在放声大笑。

彼得兔帮了大忙

友善的话语和行为，
就像在播种善意的种子。
起初只会生出小小的芽，
慢慢就能结出甜美果实。

丛林老狼刚搬到青草地时，曾戏弄过彼得兔。之后的一段时间，彼得兔都在老荆棘丛附近活动，他觉得那里相对安全些。但是他对一切充满了好奇心，喜欢到处溜达，所以没过多久，他就又像从前那样，到青草地和绿森林里到处转了。

　　当然啦，彼得兔从每天喋喋不休的松鸦萨米和乌鸦黑黑嘴里听到了一大堆关于丛林老狼的消息。他们告诉他，狐狸奶奶是如何在老狼和豪猪胖刺头之间挑起争斗的，以及她的阴谋是如何被揭穿的。他们走后，彼得兔静静地坐了很久，把事情从头到尾地想了一遍。

　　"嗯——嗯——嗯，"彼得兔自言自语道，"依我看，显而易见，丛林老狼要比狐狸奶奶更聪明，这对我来说意义重大。是的，朋友们，这对我很重要。这意味着，我对他要比对狐狸奶奶和雷迪保持更多的警惕。天哪，天哪，好像还嫌我麻烦不够多似的！"

　　彼得兔坐在老荆棘丛边上自言自语，一边盯着老狼每天睡午觉的地方，这是松鸦萨米告诉他的。突然，他的思路被打断了，他不由自主地挺直身体，瞪大眼睛。他看见雷迪正小心翼翼地朝丛林老狼午睡的地方走去，接着就趴在草丛里偷偷观察着什么。过了一会儿，他又踮起脚尖回到了绿森林。

　　彼得兔用腿挠了挠耳朵。"雷迪这是在干吗呢？"他沉思着说。

　　第二天，第三天，接下来的日子里，彼得兔看见雷

迪重复做着同样的事。彼得兔的好奇心与日俱增。他没把这件事告诉任何人，自己却变得越来越迷惑。

傍晚时分，彼得兔听见老荆棘丛外传来一阵脚步声。他偷偷向外看去，发现丛林老狼正打这儿经过。彼得兔再也无法遏制自己的好奇心了。

"你好吗，老狼先生？"彼得兔很有礼貌地问，他的嗓音细细的，听上去充满了胆怯。

丛林老狼停下脚步，透过荆棘向里看去。"你好啊，彼得兔，"他说，"好一阵子没在老荆棘丛以外看见你了。"他带着一脸坏笑说，露出满嘴尖尖的牙齿。

"是的，"彼得兔回答，"我——我——嗯，你瞧，我害怕狐狸老奶奶和雷迪。"

老狼又笑起来，他很清楚，彼得兔真正害怕的是他丛林老狼。"哎呀，彼得兔！你不该觉得害怕！"他说，"他们并没有那么聪明。你完全可以躲开他们。"

彼得兔往老荆棘丛的边缘挪了挪。"告诉我，老狼先生，为什么雷迪会每天盯着你睡午觉？"

"什么意思？"丛林老狼突然问。

他认真地听完了彼得兔对他讲述的一切。然后，老狼笑了，不知怎的，这次他没有露出那可怕的牙齿。

"谢谢你，彼得兔，"他说，"你帮了我一个大忙，我希望将来能有机会报答你。你相信吗，我觉得我们能成为朋友。"

丛林老狼一边说着，一边自顾自地笑着走远了。

狐狸奶奶的诡计泡汤

丛林老狼一边笑着，一边离开彼得兔和老荆棘丛，径直去了每天午睡的地方，四下张望起来。他那双敏锐的眼睛很快就发现了雷迪的藏身之处，很明显，那里的草被雷迪的身体压扁了。

"毫无疑问，彼得兔告诉我的是真话，我想我欠他个人情。"丛林老狼自言自语地说，然后他开始琢磨，为什么雷迪会每天暗中监视他。你瞧，他是那样的聪明和狡猾，他敢肯定，雷迪脑子里肯定在打他的主意，所以才每天按部就班地做着同样一件事。

但是他装作对此一无所知的样子。哦，是的，一无

所知！第二天，他像往常一样，蜷成一团午睡，只是这一次，他很小心地用一种能瞧见雷迪藏身之处的姿势躺在那儿。他假装睡着了，但假如你盯着他的眼睛，就会发现那里面毫无睡意。是的，朋友们，你找不到一丝睡意！相反，他的眼睛是那样地亮，就好像世界上根本没有睡觉这回事一样。当他看见雷迪偷偷摸摸地从绿森林溜出来，赶紧闭上眼睛，留下一条细缝盯着雷迪的藏身之处。自始至终，他的眼睛看上去都闭得紧紧地。

雷迪尽可能轻柔地，蹑手蹑脚地走到他的藏身之处，

趴下身子开始观察。丛林老狼装作很快睡着的样子，时不时还发出一阵阵鼾声，其实，从头到尾他的眼睛都没离开过雷迪。过了一小会儿，雷迪确信可以安全地跑掉了，于是踮起脚尖离开了。他匆匆忙忙地跑去向绿森林中的狐狸奶奶报告。丛林老狼望着他消失的背影，轻轻地笑了。

"我一时还没搞明白，"他说，"但是如果他和狐狸奶奶认为可以趁睡觉时抓住我，那可就错了。"

一连几天都是同样的情形。这一天，雷迪在草丛里待了很久，确认丛林老狼和往常一样待在老地方，然后，他匆匆忙忙地跑到弯弯小路的尽头，在那儿大叫了三声。老狼看着他跑掉，也听见了他的叫声。

"这是某种信号，"他自言自语道，"除非我错了，不然，这意味着麻烦来了。我今天不能睡午觉了，得想办法搞清楚发生了什么事。"丛林老狼这样想着，然后，他一边轻声笑着，一边赶到了绿森林，找了个能看得见雷迪的地方藏了起来。他看见雷迪躲在绿森林边上，那儿能看得见布朗家的院子，于是老狼蹑手蹑脚地换了个地方。当他看见狐狸奶奶引着鲍泽穿过青草地时，立马猜

出了她的计划。狡猾的狐狸奶奶带着鲍泽径直冲到了他午睡的地方，这可把他乐坏了，不得不捂住嘴，防止自己笑出声来。当看到狐狸奶奶发现他跑掉时那副吃惊的样子，丛林老狼再也憋不住了，他直起身大笑起来，所有动物都听见了他的笑声，他们想弄明白，究竟是什么事，能让丛林老狼乐成这个样子。

丛林老狼享受大餐

狐狸奶奶发现，丛林老狼没有待在他平时午睡的地方。她敢肯定，一定是雷迪太蠢了，还不知道自己被老狼发现了。她飞快地跑向池塘，跳进水里游了一小段，想去除掉身上的气味，这样，鲍泽就搞不清楚她往哪个方向去了。鲍泽在后面穷追不舍，跑到笑微微池塘边停了下来。他那灵敏的鼻子无法在水中嗅到狐狸奶奶的气味，他搞不清楚，她究竟是去了上游还是下游，或者穿过了小溪。

但是鲍泽不是一个轻易放弃的家伙。是的，他可不

是，他了解狐狸奶奶的许多诡计，他很清楚她想要做什么。至少，鲍泽自己是这样认为的。

"她会在水里游一小段，然后爬上岸，我要找出她上岸的地方，这样就能发现她了。"他一边说着，一边用鼻子贴着地，沿着笑微微池塘的一侧，急匆匆地向下游跑去。

他跑了很远，一直跑到他认为狐狸奶奶应该上岸的地方。但是，那里并没有没她的影子。他穿过小溪，鼻子贴在地上仔细地嗅着，沿着岸的另一侧返回了出发的地方。

"她要是没去下游，就一定是往上游去了。"鲍泽急切地向上游跑去。他又跑了很远，穿过小溪，沿着岸的另一侧返回了起点，却依然没有发现狐狸奶奶留下的任何痕迹。最后，鲍泽带着恼怒的神情放弃了追捕，转身回家了。其实，自始至终，狐狸奶奶都待在一个特别显眼的地方看着他。是的，她一直盯着他暗自发笑。你瞧，她很清楚，鲍泽过于依赖他的鼻子而不是眼睛，当他用鼻子贴着地奔跑的时候，几乎看不见身边的任何东西。所以，她只是简单地跳进了笑微微池塘，待在水中央一

块平坦的石头上，舒展四肢，保持静止，鲍泽两次经过那里都没看见她。她乐于看见他被耍弄得团团转，以至于暂时忘记了丛林老狼，以及她那个自以为聪明的计划是如何泡汤的。

但当鲍泽离开后，狐狸奶奶想起这事了。她止住笑，快步赶回家，一个愤怒而失望的表情从脸上一闪而过。在回去的路上，她的脸色变得好看了些。"不管怎样，还有那只从布朗家逮到的肥鸡，雷迪和我会有一顿丰盛的晚餐。"她自言自语地说。

她一到家，就看到雷迪坐在门口，那只鸡却不见了踪影。雷迪看上去一副胆战心惊的样子。

"那只肥鸡在哪儿？"狐狸奶奶生气地问。

"我——我——我很抱歉，奶奶，我把它搞丢了。"雷迪说。

"搞丢了！"狐狸奶奶严厉地问，"你怎么搞的，雷迪？我跑过你藏着的地方时，你没看见我把它扔进草丛吗？你不知道要把它拿走吗？"

"我知道，"雷迪回答，"我看见您把它丢进了草丛，我过去取走了它，但就在回家路上有人把它从我这儿抢走了。"

"从你这儿抢走了！"狐狸奶奶大声说，"究竟是谁？赶快告诉我！到底是谁？"

"是丛林老狼。"雷迪胆怯地说。

狐狸老奶奶死死地盯着雷迪，一句话也说不出来。她不仅没能给丛林老狼带来麻烦，反而还白送给他一顿丰盛的晚餐。他比她还要聪明。她意识到，自己是不可能把老狼赶出绿森林了，要么她自己卷铺盖走人，要么就努力接受他。

但这正是丛林老狼一直以来的想法，因为他很喜欢这个新家，并且，对他的新邻居们充满了兴趣。